太田市金山萬葉歌碑　松井如流先生書

にひたやま
ねにはつかなな
　わによそり
はしなるこらし
　あやに　かなしも

しらとほふおにひた
やまのもるやまの
　うらかれせなな
とこはにも
　かも

著者近影

風のなかの記憶

森下香恵子

文芸社

序

初冬の空は、うすらな光りを帯びている。雲のない遠い果てまでも透っているが、さびしくない。それにまたま冬のようなきびしさにはまだ遠い。風があるようでない。わずかに木の梢が時に首をかしげる程度だから。東京はこの秋以来、ずっと天気つづきである。そしてやって来た初冬。初冬の空を見上げながら、私は、森下香恵子さんの歌稿を読み出していた。そして森下さんの歌は、なんと初冬の匂いを発散させていることかと思った。

岫《くき》にたつ霧の白さにしばらくは山神の声われに届ける
杉山は眠りの底に記憶せむせせらぐ水の或夜のひかり

この二首を見て不思議に思われることは、作者自身がどこに居るのかがはっきりしない。しかしどこかに居る。それはただ説明しないだけだ。説明しないということは余計な冗口をいわぬということなのだ。つまり説明しない分を、作者の自由奔放な魂の跳梁を許す言葉で埋める。

又こんな歌もある。

竹馬に乗りて光りの間を馳ける遊離魂春の笛吹きながら

人はみな眠りに落ちし地の底の鬼は明日《あした》を知りて囁く

これなどは、遊離魂といい、鬼といい、なにか魂魄というものの存在を信じる、或は信じまいとするところに、現代人としての弱さがあり、恐怖がある。それを敢て持って来たのは、この作者の興味を示しているが、さりとて恐怖心でなく、むしろ明るさを伴ったものさえある。そのへんがこの人の発想が、初冬的だというのである。

月蝕となりたる空に一片の木の葉が揺れて寂かなりけり
不意に来てわれ驚かすひとの顔螢のやうな匂ひを残す
亡母《はは》の髪くしけづりたるその櫛にわが髪すけりあした寂かに
沁みるまでみたしと想ふ地平線みえざる街に永く住みゐて
いづくよりか散りくる黄葉光りつつ音無き朝の土に吸はるる

これらの作になると、この人にしては割合に平凡であるが、どこかしら何人も寄せつけぬようなところがある。恰も初冬の空の少しばかりきびしさを感じさせるようなのと同じなのである。
この歌集に於て注目しなければならぬことに、固有名詞を使った歌のないことである。

森下さんの住んで居るところは、群馬県太田市である。この土地の人の歌なら、赤城山や利根川又はその支流の名が出て来る筈であるのに、この集に全然見当らぬところに、この人らしい作歌の秘密があるのではないか。固有名詞を使うと、自然その名に引かれてしまう。それを拒否して、〇〇川とせず、単に川にする。非固有名詞の川ならばどんなイメージももりあげることが出来よう。そこに固有名詞によらない意味を見出すともいえよう。

とにかく、この歌集は短歌日記ではなく、ひとりの人間の短歌的表現なのである。

最近この著者が卵巣手術をしたということで、この一連「闇にしるけし」がある。これとて単なる記録でない心の起伏を描いたところに特長を見る。その中の二首を出しておく。

みごもれるものみな憎し木の枝にふり向く蜥蜴何をみさだむ
うしなひし卵巣は淡き色にたちモネの画ける睡蓮となる

この外に連作らしいものに「手袋のうた」がある。

ひたすらに人待ちてゐるわが視野に近づく鋭き手袋の指
檜葉垣にかけられしまま手袋の幼き掌型未だ拾はれぬ

さて森下香恵子さんであるが、略歴をいえば、昭和三年七月群馬県太田市に生まれている。十四歳頃より作歌に興味を持ち、昭和二十二年頃一年半位地方誌によったが、その後二十年余全く歌を離れたそうである。その間、結婚。学校の先生をしたそうだが、どんな本に親しんだか、聞きたいところ、ご本人は何も語ってくれない。四十八年一月、覇王樹社に入社した。そして、本年六月、覇王樹賞を獲得。これを記念して歌集を出すことにしたという。

以上のような次第で、特に変った履歴ではないが、歌の内容に至っては、この上になく精選されたものであって、処女歌集と思われない読みごたえのある集となったことを喜びたい。

敢て歌壇の人々に是非お読み願いたいと思う。

昭和五十二年十二月

松井如流

もくじ

題簽　松井如流

未明の章

砂時計

舫ひゐるまぼろしの舟銀の舟待ち侘びてゐる
われを揺りつつ

砂時計の砂にかすかな光あり無限の底に陥ち
ゆくはたれ

舌の根もいまは灼かれむ前山の空を裂きたる
稲妻青し

細き枝かざして軒に青葉垂れ素直に生きむ危
ふさを知る

そこはかととほき森顕ちそのなかの乾きし径
の風を聞きゐる

だくだくとすべてのものを呑みつくし夜の河
川は街にくぐれり

自らの声に覚むれば汗あへて栗の花粉のごと
き匂ひす

或夜ふと手に触れしルーぺにありありとうつ
りし指紋誰のものなる

前線の雲に翳してかがやける妖しき花の辛夷は咲けり

音もなく玻璃窓のそとに散りかかる花まぼろしのごとく漂ふ

笑ひ人形の嗄れし声何処よりか聞こえくる間を霧の流るる

吐きたきまで春はもの憂く暮れにけり花びら
を吸ふ湖があり

蠢動のごときもの顕つ一条のひかりのなかに
春の雨降る

春嵐なだれ込みたる空間に唯さゐさゐと海が
鳴りゐつ

げんげ花髪に飾りし乙女子をのせゆく馬か白
雲浮かぶ

藤浪のおもたく垂るるその奥にいまは世に亡
き父の顔あり

見果てざる夢のいく齣消えはてし去年のやう
に咲く棕梠の花

灯しろくかすめる夜陰しなやかに抜けゆく猫
の足どりも見し

蹄鉄を飾りて置ける白壁を暁近く馬の抜けて
ゆきたり

蹄の音遠くききゐるわが裡の一束の髪黄金《きん》に
なびかふ

りんりんと空に転びてのぼる陽の幻惑に散る
黄葉一群

振り返る心持たざるわれなるに金木犀は夢の
香にたつ

落葉する銀杏の木下に掌の運命線をたどりて
みたる

河原の石ひとつひとつがしづかなる光返しをりわが裡深く

はるけかりし寓話の中の道標光なきわが玻璃窓にたてむ

倦みてゐる春

夕焼の空をさしゆく翼より一ひらの羽毛湖に
舞ひ落つ

わがまへの闇拡がりてゐる視野に一筋の蔓徒
長つづくる

わが額のうぶ毛に触れし君の指かがやきてい
ま翔ぶ白き鳥

われを覆ふ群蛾は盲風《めしひ》のなか揉まれもまれて
匂ひとなれり

濡らさるる耳がしきりに痛みつつ赤くなるま
でこの夜耐へゐる

抱かれてゐる優しさにややしばし山うち鳴らす松籟きかず

たゆきまで心かなしくゐるときのわが掌中にひなげしの散る

えにしだの花にゆふべの風たてば髪は悶えのなかにもつるる

鬼女の面たづさへてゆくわれならん蘇芳の赤
き枝くぐりつつ

爛熟の果実のごとき没つ日を架けしポプラー
このときはなやぐ

春の朝逢ひしのみなる空しさにつくりそめな
る蜂の巣こぼつ

宿根草われにも欲しと言ひそびれその日のあとの徒らに過ぐ

豌豆の実の結ぶとや暁近きひそやかな闇たぐりてゐたり

芍薬の花片ひとつ抜きとりてわがうたかたの夢むすぶべし

たんぽぽの絮毛に雨の光りつつ企て秘めし今
日の過ぎゆく

枇杷いろに熟れし麦野を走りつつ子らかすか
なる風をまとはむ

卯の花にふれむがほどの優しさに君の上着に
頬寄せてゆく

カラカラと車輪音立てうしろよりわが耳朶は
見られをるべし

錘型となりて模索のはてしなき一つの星を窓
越しにみつ

指先に触れて流るる春の川このとき愛の私語
とかはらぬ

さながらに星は降るべし半馬人《ケンタウロス》の埋められゐるいや果の丘

しみらなる陽射し反してたゆたへる河の面のアンダンテ聞く

翼なすきみの掌型の背に優しおぼろ月夜の杳き野のみち

運命線みつめゐる掌の海峡に白き鯨はみごもりてゐむ

死後の愛とげむと希ふ針葉に降りゐる雨の水玉となる

どこまでも塞りてゆくわが心芽吹ける木影選りて踏みゆく

倦みてゐる春の陽射に遅々として蟻群が曳く
こごめ桜の花片

逆光の水に遊べる胎児ゐて母の痛みは永久に
消えざる

落暉より生れし小鳥の羽撃きの空指してゆけ
星となるまで

颪のステップ

鏡とも今宵はてらし女性なる底のカオスを月のぞきこむ

胸板の焦げゐるにほひ覆ふ夜を夏の嵐よ吹き抜けてゆけ

紡がれてゆく情念をひたさんか湖の向うにか
いつむりなく

錠剤の色青ければわがのみどくだりてとどく
腹しづまらむ

閃めきをともなふ風のステップにこごりてさ
けり枇杷の花群

薬石と削られゆきし墓碑のあり歪みてこよひ
月に照りつつ

山の上の湖を照さむ冬の月陶のごときか寂し
く昏し

叩きなば涸びし音に鳴る樹肌かつかつ暗しわ
れの胸底

あかつきに鳥のうたれむ銃の音ききつつわれは昏く眠れり

東雲の光おびつつ樹々はみな昏き背後をもちて立ちをり

篁の昼しづかなれ足下には地茎ひそかに堪へてゐるべし

月明の誰もは覚めてをらぬ夜の樫の葉光る鏡
のごとく

ひたすらな魚眼の世界思ふ夜は透明にしてと
きの過ぎゆく

えにしとて君のするどきくちづけに塞れてゐ
て昏しよわれは

河川敷の小石に蜻蛉うごかざり絮吹くほどの
風もよどみて

きりきりと数珠もみてゐぬ香煙はくちなはの
ごとわれに絡みつつ

視覚よりいづくへ流れゆくならむあげし花火
の硝煙白き

傾きつつ列車は去りぬ裂かれたる無風のあは
ひ蝶が舞ひゐる

触れられし乳が疼きぬ樹の闇に前世の光の露
やどりゐて

戌亥なる角に花殻枯れてをりあぢさゐもわれ
もゆふべつつまし

蹄の音ていていと耳朶に響きくる晩夏の西の
空燃えてゐる

しろき猫抱きたる媼飄然ともろこし畑の秋に
紛るる

ぎつしりと空を埋めし鰯雲地上にわれはあや
つられゐぬ

乱反射なせる視点に一つあるブラックホール
にわれは吸はるる

豆の花空に咲かせて朝毎にジャックの声を待
つにかあらむ

あふれくる思ひのなかに郵便車桑畑の緑突き
ぬけてくる

生れつげる沢蟹赤し山峡にわが手をひきし父
若かりき

生命てふもの思ふとき手のなかの小石はわれ
より杳き日を知る

鏡の中につづける廊を現身は光となりてすす
みゆきたし

待つことを強ひられてゐる昼下りテレビの画像おほく乱るる

藤の花さがる木下に猫の目のあをく光りてわれを見つづく

一縷の声

夜の海に絡みのたうつ藻のたぐひその一隅に
生命は孵る

月蝕となりたる空に一片の木の葉が揺れて寂
かなりけり

蝸牛にもし耳あらばオレンヂの葉を辷りゆく
風花の音

しろがねの胞子翔び交ふ真の闇惑へるこころ
おぼろとなりゆく

かなしみの眼を洗ひゐる水に浮き睫毛一筋沈
みゆきたり

課せられしもの何ならん蠟燭の焔にわれは
黙し揺らるる

抑へゐる情念《こころ》の奥に冬枯のあぢさゐ茫々風立
ちてをり

一刻に雪崩れてしまへごうごうのとどろき杳
く身は埋れたし

立ちのぼる烟のごとく雪の夜の人あはあはと
近づきてくる

凹凸のなき原となる雪のおと炭火の青き焰は
あがる

音叉のおと何時までもきこえ笹の葉に冬をこ
え来し卵もかへらん

竹馬に乗りて光りの間を駆ける遊離魂春の笛
吹きながら

波状なし押しくる風にほろほろと心のどこか
千切れゆきたり

壺ひとつ傾ぎて埋る地を這ひて夜靄はしろく
漂ひゆけり

棗の実池のおもてに落下せるかすかな音を風
は伝へぬ

山こぶしの実がさながらの火を散らすおぼつ
かなさに窓を閉せり

白色の雲母の中にたたまれしわれなればこそ
こゑもなかりき

獣みち吹き分けらるる風ありて落葉かすかに
汚れてゐたり

痛みゐる歯髄隠して重ねゐしくちづけの彩夕
焼に似む

頬あはせ語りゐしとき唐突に空が無限の遠景
となる

触るるなき個所をかたみに持ちながら夕陽だまりのなかにより添う

くちなはのかつては過ぎし川の面冬陽にゆるく流されてゐつ

蒼き空なだれて海に落ち込めば鏡のなかに馬もあらはる

何時迄もたてがみの色金色になびかせてゆく
馬がみえゐる

生命ありて君に逢ひし夜想ほえばななかまど
もゆ雨にけむりて

あかすなき心の空にさゆれつつ架線が白く雨
に光れり

霖雨にわが髪ぬれて井の底に呼びゐる声の千
切れてとどく

棗の実夜にかすかにおつる音幼くなりしわが
身にひびく

癒ゆるなきこの身と思ふ宵すぎて乱るる髪を
くしけづりつつ

抱かれて君の頬ぬらすわが泪たとへば水仙の
花より冷めたき

黄昏の欅落葉に巻かれつつわれはいづべに誘
はれてゆく

マニキュアの赤きそのまま寝ぬる夜はわが気
構へも緩むことなき

風化せしわが貌みたるおもひなりくらぐらあける樹の洞の闇

誰もみな虫一匹を胸うちに飼ひ馴らしゐる風を聞く夜は

けふもまた空へ啖呵を切りてをりその空永遠《とは》と疑はざれば

闇にしるけし

女らしくいませと諭す老女あり卵巣を削ぎし
雪の朝に

おんおんと闇吹く風のその向う未生の吾子が
翳となりゐる

萌黄色に顕ちくる一樹寂かなり夢のなかなる
ごとき朝明け

くたしたる卵巣のこと忘れゐむ梳きゐる髪の
さやかなる音

未生なる子のこぼてしか南天のつぶら実朝の
土にかがやく

昼の月かすかに浮ぶうしなひしわが卵巣の行
方を追へば

卵巣をうしなひし日に風鈴ははげしく鳴れり
女性喪失

まぼろしの子の帽赤くねむるらし鶏舎の灯り
沓く沁みつつ

みごもれるものみな憎し木の枝にふり向く蜥
蜴何をみさだむ

枷もつを触れずにゐたしねんごろに粧ほひて
日々人に逢ひつつ

二つある椅子は何時でも同じ距離へだててゆ
るる風のある庭

煩悩は炎立ちて赤し今宵また妙法蓮華経われ
にきこゆる

夏の陽に灼かれて愛し杳き日のわれにあらざ
る胸のふくらみ

正直に生きたしと想ふわれなるに埴輪のごと
き空洞をもつ

百合の花音立てて散る夜の部屋に女のあかし
われにも欲しき

足裏をひやし眠らむ夜のわれに鳴きつつ過ぐ
る水鳥の声

しかすがに花の集合卵巣のさまにも見えて紫
陽花は咲く

見つづけてゐし一本の蔓ゆれてわれに向けくる樹霊は蒼し

花火ともし子と遊ぶ若き母ありきその平穏をつつみ込む夕闇

厨芥の袋重げにさげて来し妊婦さりげなくわれを躱せり

荒々と伐られし木叢夜となりて樹液は泪と土
に沁みゆく

夕闇の迫るにはやき木下かげ子の遊ぶらし風
媒花散る

病院の中庭に散る松落葉針撒くごとくひかる
この朝

夜をなにか祈るかたちに花とぢし泰山木は闇
にしるけし

うしなひし卵巣は淡き色にたちモネの画ける
睡蓮となる

晩夏光映して湖はしづもれり馬蹄の音は杳く
ひびきて

うつうつと目覚めたる朝山鳩はある距離もち
て二羽鳴きかはす

ひつそりと引出しに夫が入れゆきしレースの
白きわれの手袋

すぎしもの仄かにしろし夕昏に雨降りいでて
紛れゆく蝶

沓脱石に冬の日ざしの温みつつわれに平安の
時かへりきぬ

群鳥の翔ぶ朝空に透きゆきし未生の吾子の生
命かがやけ

卵巣も子宮もあらず生き継げる生命にてらふ
春の花ばな

とほき湖しきりに恋ふるこの朝はブルーの
シャドー瞼にそふる

卵巣を喪くせし一夜カーテンの色にも染まる
弱さにて覚む

卵巣を削がれし魚の棲む海にわれの小さき花
は供へむ

真昼の章

無風の沼

病み臥せる夫に頬よせ語りつぐこの素直なる
処作われにあり

看とり疲れのめまひする眼を閉ぢをれば無風
の沼の寂もりが見ゆ

眠れざるわれの凝る肩うちてくる軒先うがつ
雨垂れの音

病む夫のベッドによりて千羽鶴折りゐるいま
のわれの安らぎ

紙丸め捨てにゆきたる踊場の妄想昏し浮びて
は消ゆ

空けてゐしゆうべの庭にのこりゐてわが靴あとに雨溜りゐつ

エレベーターに飽和の体支へつつ湯を満したるポット抱きゆく

とどめ得ぬ愛の行方にまぐはひて水引の花赤く咲き満つ

湧き水に陽光は落ちぬほうほうと杉の秀群の
鳥は鳴きつつ

秋闌けし穂芒がくれひとのゆく地平は赤き雲
なだれつつ

林間にきゆる一筋の道しろしわが心処のいづ
べにかよふ

祭囃子影絵のやうに過ぎてゆく今宵一夜を耐へゆかむとす

てのひらの中に掬ひし湖の水透きとほる過去を写して

追はれゐるこゝに聴こゆる湖の音樹の間に青き炎とも見ゆ

のめり込む幻覚にわれを誘ひつつ火口湖の底
のしづけさ保つ

峡に咲くひそかなる花白くして山の木霊はわ
れに籠れり

梵鐘の音にゆだねしわがこころもみぢ華やぐ
山に消えゆく

たなごころぬくしと想ふ従順に曳かれをりし
が別れきにけり

一日を純白の湖みてかへるあたたかき泪頬伝
ひおつ

かつて過ぎし風景に似て冬至る彼方の空に一
樹昏れゆく

荘厳に山は華燭のうたげなれ焔に燃ゆるもみぢがつつむ

たまきはる生命のおらび草木みなもみぢ爛れて山に谺す

笛ならし夕焼童子ゆくならむ火を吐ける空火を噴ける山脈《やま》

ほのぼのと立ちめぐるなり暮れのこる山ひところ夕霧赤し

枝くぐり幹をかはして火口湖にくだりし足のほてりをさます

砂もわれもいまは研がるる火口湖の水透明にたえず寄せくる

岫《くき》にたつ霧の白さにしばらくは山神の声われ
に届ける

まがなしく水車軋みてめぐりをり杳けきもの
をおもへとごとく

自問して降りくる階は底なしの穴のやうなる
日暮となりぬ

緑は螺旋

マロニエの花の木蔭に忘られし幼の靴の白く
残れる

舞ひ込みし蟷螂生れしばかりにて白磁の上に
透きとほりをり

錠かけに出で来し門の五月暗白き蛾のゐてしきりまつはる

あくがれて外灯の明りめざしゆく野辺に落水の音一筋透る

白き猫浮くごとくゐる夜陰より靄しめやかに拡がりてゆく

失ひし記憶の隅に緑色のカーテンが風をはらみて揺れる

下心持ちて涼しく鳴らすベルピエロとなるは誰の後姿《うしろで》

糸柳は肩に触れつつ欠落の夜をすぎてゆく影にやさしき

ぐるぐると破損タイヤを押しゆける青年の背
の真昼けだるし

切口に乳したたたらす無花果の忍従ながし雨の
夜更けて

神かはた佛陀か呼ばふ静謐に緑は螺旋と空に
伸びゆく

そびらなる花の杜よりとほりつつ鸚鵡のごと
き呼び声きこゆ

夕暮の溝に落ちゐしマリ一つわが魂のうちに
ただよふ

停止せる時間の中を翔けぬける小鳥の翼ひか
りを持たず

仮面のごとく向き合ひていま別れ来ぬ憎悪す
るべきかけらもあらず

枇杷の実の太りそめしをみつめゐる独りの宵
に春雷の鳴る

夕暮のあやしき雲の立つ空に鮮烈なりや辛夷
の花は

鬼を追ふ豆まぎれ落つ水盤の菜の花の黄が妖
しく光る

雪割草抱きてゆきし女《ひと》の影針葉樹林のみちに
遠のく

真空のおもひのなかに一筋の架線がくろく風
に揺れゐる

満ちてくる樹液の匂ひ想ひつつ硝子に夜の杜をみつむる

無意識の奥処に棲まふ一匹のほたるが浮遊する夜の闇

魚の眼がわれを覗きてゐる闇にいきものとなる髪を梳きゐる

昏れ色の電車の中に揺られつつ百足の内部わ
がのぞきゐる

ふと合ひし幼の瞳に萌黄色の残像ありて春を
優しむ

掌を合せ童も祈りてゐる朝のきさらぎやよひ
光明るし

こめかみに風冷えてゐる夜のくだちひび割れてゆくものの音する

げくげくと猫の吐逆の幻聴に方形の部屋たそがれてゆく

切株の樹齢あらはにてらしつつ冬陽のうごき午後寂かなる

不意に来てわれ驚かすひとの顔螢のやうな匂ひを残す

レントゲン室に入りゆく踵ふと寒く病廊にわれつながれてゐる

蟹のはさみ千切れて追ひくる夢の中感情もたぬ血潮吹きをり

日毎日ごと細くなりゆくこの軀透明人間にな
りてもみたし

むず痒き感覚ありぬ傷いまだ癒ゆる力を持ち
てゐるらし

青い焔

平べたき魚となりても眠らむかひねもす湖底
に雨をききつつ

触るるものなしとも想ふ洞のうちいづべかか
すか風鈴の鳴る

立葵わが眼と合ひてゆきなづむ夏至の夕陽の
光を負ひて

死者の夢ふた夜みつづけ覚めゐつつ闇の最中
に雨の音きく

落雷に陥没なせしわが頭蓋劫初の罪過燃えつ
きなむか

こぶし程の南瓜つきたる蔓指してあした媼の
能弁となる

硝煙の匂へるやうな闇の中一人の背後追ひて
ゆきたり

耳垂れし石の兎の置物に夜陰はリラのもみぢ
散りゐる

飛翔せる蝶は死角にそれてゆき匂はぬ花は絵
の中に咲く

朝光に残像となる指のみえ触れられてゐしも
のさだかにのこる

蹂躙もされたしと想ふ景のなか寂けく沓く没
つ陽もゆる

湖は風に氷りてゐるならんわれのみの知る夜
をうつして

踊場にふと拾ひたる髪飾り想像のなかのをん
ながわらふ

冬の葦かつかつ鳴りて暗闇にしわばむ祖母の
指透きて出づ

いらへるは地虫の声かただ深くぐもりてゆくわれの哀しみ

醱酵の乳の匂ひはふせてゐる掌にかくされし闇よりおこる

螺旋の塔登りて神に祈らむか一束の髪風に吹かれつ

燃焼を了りし空に翔び出でし何の一羽かとほく筋引く

いづくよりか罪の剥落吹きよどむ沼あり沼に雪降りつのる

赤紫の雲四囲にたつ夕まぐれ鳥鳴かぬまま梢を去りゆく

混沌と流るる水に溺れゐるわが裡の葦いづべに芽吹く

業深く灼かれし女ののこしたる手紙か暁の白き辛夷は

掌につづく闇夜をひたすらに翔けぬけゆきし鷺の一声

萌黄色にわが裡の梢さやぎつつ人声宵を過ぎてゆきたり

峯くだる嵐の音もかくあらむ丈なす髪をかなしみて梳く

かなしみの貝の咬合くづさめと音立ててをり北の海原

造られしぼたんは蕋の翳りつつゆふべ白堊の
象嵌となる

蜜蜂の羽音ききつつ眠りたし身の芯香く野に
ただよひて

吸はん息も吐きゆく息も自らのかなしみ醸す
今宵と思ふ

キラキラと情念《こころ》もえゐる眼の中に映る女の夏
闌けてゆく

模糊としてかいまみむことままならぬ向うの
丘を人あゆみゆく

降る雨に流れて止まぬ金波檜葉の吐息が闇を
透きてきこゆる

女郎蜘蛛うごかぬ朝に無花果の果肉が匂ふ雨
となりたり

パラソルは背に熱きまま空転す昼顔の花なえ
し原にて

切株に蟻あゆみゐてこの世なるかなしみごと
とわれはみてをり

帆となりて

山湖に孤独の想ひかこちつつ一ひらの波わが
目にあまる

いづこから見ても見らるる石像の視線の中に
風吹きとほる

たまゆらを人の潜みしごとくにて雑草のなかに風は渦巻く

かいまみしものへの嫉妬覚めやらず草の根集めもやす夕暮

はじかれて豆はいづくに紛れしか日並べて降る雨の欝屈

幾度か心をよする空ありて眠れぬ夜半に鷺鳴
きわたる

点描となりゆく過去か夕焼の桃色の光はすか
ひに射す

くちびるの輪郭青くあばきつつ稲妻は消ゆ山
のなだりに

わが耳朶に椎の実散らす音のして風が吹き込む奥処の冥し

雨もよふ重き空気を支へつつ苔はあまたの花咲かせをり

絵の中の橋わたり来し想ひにて眠れぬ窓に尾灯もえ顕つ

あぢさゐの花殻に降る秋霖のしろくかそけく
夕闇迫る

バイパスの音のとよもす狭庭辺に寂かに光り
て石蕗の咲く

草の穂を集めて燃やすわが影のゆらゆら揺れ
て炙られてをり

工場にちかきしづかな河原みち獣声たてて鴉群れをり

枯色に偽体つくらふ雨蛙乾ける草のさきに縋りゐる

肩さきの寒き臥所にぜに苔の花の密度を想ひてゐたり

枇杷の木の根方に捨てしわが髪のつやけく濡るる暁近し

かつて夜のやはらかき靄にゐるごとく赤きリンゴを掌におく

しやがの花あはあはと露に濡れたれば生れしばかりの蝸牛這ふ

石みちに落日のかげ長く引きちひさき足の幼
子は立つ

爛漫の花を恋ひゆく人の群じようじようとし
て流れて止まず

大伽藍あけにかがよふ春のそら群舞乱舞の鳩
によごるる

ほどろ顕つ夢のも中の人の声うるしの赤き葉
かげにきこゆ

つばらかにバラの花片匂ふ宵別れの言葉ふい
にききにし

邂逅を願ひて重ねみる夢にいつか銃口の向け
られてゐし

眠剤を飲みて寝ねたる深き渕こほろぎ一つきれぎれに鳴く

愛恋の残り火燃ゆる音のしてこぶしの朱実闇に揺れをり

葦の秀は刃物か青く光りゐて落つる夕陽をしばし刺し貫く

うづくまる枯葦群は鳥の尾の息吐くたびに触
れて動けり

わがめぐり造花あまたに飾られてあざむかる
るの言葉もありき

きみ吸ひし煙草の殻を踏みつけしわれの踵の
芯もえてをり

画像

荊棘をはぐくみてゐる枳殻の垣根もそこの角
にをはらむ

発汗に眠れざる夜のかたはらに昆虫しきり音
たてて食む

地震過ぎ揺れ残りゐる水槽に平衡たもち金魚
変らぬ

霊鷲山《りょうじゅせん》の祖母を想ひて仰ぎみる黒杉の秀のと
ほき一つ星

易々と死後のことなど語りゐる柘榴の花の唇
ふさぎつつ

地虫釣る幼心のぬくもりをいまに残して寺苑の陽射し

泰山木の花を充たせる胸のうち雲に自信の画像をうつす

足許をすり抜けゆきし猫の腹光りて暮るるにはたづみ越す

雨やみし樹叢抜け来し蝶のはね露ふふむらし
重く漂ふ

めだたざる棗の花を覆ふ空梅雨のくもりのゆ
ふべ焼けゐる

栗の花咲き満ちたれば山彦の呼びゐるままに
入りてゆきたり

屋廂に月添ふ夜更けはるかなる若き等の声澄
みてきこゆる

天窓にあつしのはなの散る夜ごろ梟の目か月
光やさし

夕景となりゆく街の遠あかり星の語らふまた
たき青し

まぼろしの人呼ぶ声のきこえきてブナの林に
雨の降り込む

交通事故に腰の立たざる赤犬が藤のはな咲く
棚下甓る

須臾に散るわが眼裏の火の華とゆきずりに聞
くひとづてのあり

抜きすてし球根あまた乾きゐて光のなかのまなぶた赤し

わが思考寸断なしていつぴきの蟻爪先を光りて過ぎる

傀儡の舌の如くもサボテンの垂りゐる窓のあかき夕焼

航空事故の報道きこえ来し厨の魚の切身は氷庫に戻す

ひとり居の夜をしづかにむかひゐる鏡の奥に遠花火鳴る

かさなれる屋根のはざまの彼はたれに風あらざるに花穂ゆれてをり

空のみの二階の窓の細きより耳うごかして猫
がのぞけり

庭に散る紙片にはじく音のして今宵静かな雨
となりたり

新緑の香をふりまきて夕風のあつまる梢に月
昇りたり

揺り椅子

新緑のこずゑはずませとびたちし尾長の羽お
と空に軋めり

唐子らは青磁の壺を抜けいでて菜種梅雨ふる
しじまに遊ぶ

草木ダムめぐりてゆけば子らとあそびし沓き
日の声水にとよもす

犬ふぐりの花敷きつめし丘の上首なき石佛は
空を指さす

開かざる門扉となりしこの朝雪割草はかがや
かに咲く

車椅子に押されて過ぎる少女より花粉のごとき唄ごゑこぼる

切崖にむかふ一すぢの道ほそく蝶の死殻風にひらめく

草の実を軀につけてもどり来しけものの爪の朝なまぐさし

足音は女のものか春あらし過ぎにし夜の闇なかを行く

しどけなく眠る耳奥を音立てて春一番の風吹き荒るる

揺り椅子は空きたるままに雨の日の音ばかりなるなかにのこさる

水滴の流るる玻璃に対ひつつ隔絶長き逢ひの
想はる

くろき影ながくひきゐる鉄塔は彼方の赤き夕
日を支ふ

堀割のうごかぬ水のひとところわが翳のごと
暗き藻が生ふ

土橋わたるわが耳奥に杳き日の草笛の音の優しくおこる

涸きたるわれの瞳の奥に咲き枇杷のうるめる絮花顫ふ

杉山は眠りの底に記憶せむせせらぐ水の或夜のひかり

水ぎはの土に小さき穴あればひそめるものの
呼吸を想ふ

かくれんぼ鬼となる子の髪の上枇杷の小花の
白くこぼるる

下萌えのみどりをくぐる水ひびきとほくの空
に雪山光る

花一輪たしかに保つかたへにて静かに毛糸編みつづけをり

昨夜触れし玻璃にのこれるわが指紋影絵となりて外景に透く

急激に気温ののぼる真昼どき異様にひかり枯芝は立つ

じゆず玉の茎しらじらと晒す日に土中の祖母
の骨ぬくもらむ

寡婦一人住める障子に影揺りて無花果の芽の
すこやかにたつ

小手毬の下枝はいつもゆれやすしけものの道
となりて昏れゆく

蓮翹の枝束ねゐる手の甲に七星てんとう虫の
来て歩みをり

足音は鋪道にリズム響かせて明日《あした》に続く音と
きこゆる

人はみな眠りに落ちし地の底の鬼は明日《あした》を知
りて囁く

づんづんとひびくシンバル叩きつつ茫々とせる空に向きゆく

家中を恋ひて啼きゐる猫の目が硝子の外に貼りつきてゐる

三本指の猫が戸口に坐りゐておぞましかりしと誰彼の言ふ

地下茎はあらぬかたまで延びゆきて関はりの
なきものを枯らさむ

草の渦をみてゐるわれの奥底に潜みゐし影ふ
とたちあがる

食虫花

溶暗に蝶の羽音を聞きしかど覚めてかすかに
雪の降る音

湿原にあやしき光放ちゐる食虫花はわれの指
も吸はむか

水面に揺るるはピアニシモ荻の穂の雪たまゆらに雫してをり

一夜さのおもひただよひあかつきの山の湖面に氷上花さく

身繕ひをへたる虻のいこひをり青木に全き冬陽たまりて

幼等のあげゐる声はもちの木のむらさき色に
光るつぶら実

玄関の埴輪の細き眼が笑ひ奥より白髪の老婆
出でくる

真実を言はざるままに珊瑚樹の陰に隠れし人
を想はむ

漠とせし想ひに佇ちし日暮どき無数の羽虫銀
に乱舞す

天窓の霜のとけゆく音に和し朝のひかりに風
鈴の鳴る

かんぬきの重き扉をひらかむか風の記憶のか
げしのび寄る

冬樹々の沈黙の宴はじまらむ夕映えいろにそれぞれ染る

干乾びし棗を庭にひろひし夜こころに雪はしんしんと降る

再会の泥濘の道あゆみゆく愛しき夢のわが足袋白し

薄氷をこはせしごとく伝はらむ昨日のわれの
惜別があり

わが裡の霜のおきたる白き原始発列車がいま
走り過ぐ

三角の定規のうへに蜘蛛ひとつ垂直の糸たら
しくる夜

忘れゐしものあるごとく冬の夜を紅の櫛にて
髪梳きてみる

枕灯を小さくともし眠る夜のはて吹きぬくる
もがり笛きく

永き夜をつながれしままの犬が哭く地底をう
がつかなしみの声

だし抜けに犬走り込む路地の奥虚構に似たる
鉄路光れり

わが愛の積木の塔が陥ちし闇パンタグラフが
青き火を噴く

風呂上りの髪梳きてゐる娘が猫と何か交せる
声きこえくる

病院に通ふ車窓に陽に映ゆる乳房のごとき丸
き山みゆ

隧道を抜けゆくトロッコの鈍き音われの気管
の奥に残れり

うつ伏せて胸の痛みを耐へしかば赤い鉛筆折
れて残りし

耳遠き女の顔のさみしさを赤くいろづけ陽の
沈みゆく

鍵穴よりのぞきこまれし横顔を素描となして
永く持ちをり

色のあるコップに水を注ぎをりあふるる程は
今日もみたさむ

水ほろほろと

やはらかき風となりゐて宵の戸に触れしはたしか誰かくるらし

湧井よりほろほろ水のうごく音聞きし言葉の耳朶に優しき

固き胸抱きしままに撮さるる花の樹下なる真昼け遠し

杉の秀の鉾くろぐろし異次元に星一つ生《あ》れひとが呼びゐる

足裏の痛むあしたの山の雨苞みな赤き芽木ぬらしつつ

針先につづりためたる花片のくちびる型は手に冷たくて

犬も猫も同じ姿勢にこちら向くわれとのあひに風音流る

灯明りに硝子器の水おもおもと乳房のごとく揺るるかなしみ

こぼつ音われをつらぬきゆきし闇バラは陶器
のごとく崩るる

あはあはと生き来しわれに地下足袋の紺ぬら
しつつ人はちかづく

掌の中のオリーブの実は熟れながら熱きこの
夜をどこまで歩む

煌めける星座をうつし濡れてゐる鋪道に生きてゆくふたりづれ

豪快に変貌の日々がめぐりをり地下足袋のコハゼはその腕のいろ

有明の月に映えゐるわが影の貼りつく石は平明に照る

夕光の章

その櫛に

チアノーゼ来りし母に寄り添ひて呼び戻すべくひたすらに呼ぶ

魂の互みに通ふものありや意識なきまま母の目定《き》まる

握りゐし母の手徐々に冷えゆくをいまは別れと握りかへしつ

母のおくり済みしゆふべの雨となり濡れし臓腑をひきずり帰る

血縁の絶たれしなかにのこされし母の遺影は微笑みてあり

幼日の陽光静かな縁に居し母が編み継ぐ毛糸
の揺るる

バイパスは青き筋引き鳴りとよむ茫と眠らむ
いまの脳裡に

亡母《はは》の髪くしけづりたるその櫛にわが髪すけ
りあした寂かに

夢にみし声のこりゐる現にて何を問ひゐむ破
局もありし

石像の肩のくぼみは遠つ世の日照雨すぎたる
あとかのこれり

人の名を呼ぶほど寒き日のありて西へめぐれ
る陽はうすれゐる

眼裏のほの白きかげ追ひきれず夜のこころに
何を描かむ

錐のさき光り尖りてゐる脅え不感となりし夜
が広がる

脱ぎ捨てし足袋のコハゼの光りつつ夜陰に聞
こゆ過去の足音

かなしき個処何時も残して触れゆきし心の襞
に泪たまれり

こだはりをもちつつ指に触れてみる雪割草の
はなびらの冷

バイパスに沿ひてなびける帰化植物音絶えし
とき不意にか黯し

たどきなき今宵のわれかしらじらと吹かるる
尾花丘につづきぬ

西風の吹き抜く梢ゆふさりて黒き網目とわれ
を覆へり

沁みるまでみたしと想ふ地平線みえざる街に
永く住みゐて

逢へぬ君に手作りの食餌運びゆく路上に白き
紙片舞ひ落つ

吹かれゆく空缶の音ささりくるわれとなりゐ
つ君病み給ふ

衣桁の着物

雨もよふ暗さのなかに其処だけが明るく光る
菜の花畑

臘梅の光こもり咲く狭庭辺のあしたしづかに
霧雨は降る

小手毬のさゆるるかげにきらひつつ足長蜂は
花わたりゆく

触れし手に朱の色こぼす春の夜のいちごは遠
き愛のかたちか

わかき日の重き記憶を消すごとく雨降りそそ
ぐ白きかきつに

挨拶をしたき衝動に佇みぬ群をなしつつ生えし百合の芽

買物籠手に持ち替えて抱き上ぐる抱かれ上手の犬やはらかし

雨含む風のおもさを花に堪へ梢にはしりの白木蓮咲く

分けまへの魚一列にならび待つ浜の女の馴れ
たるよすぎ

部屋隅に戸惑ひて這ふ冬の蜘蛛つまみてそつ
と庭に戻しぬ

白き心蹴立てるごとく風にのり工場の音は真
夜にひびく

病臭は漂ふらむか遠くよりわれを目がけて蠅の寄り来る

病むわれをわづか装はん掛けおける衣桁の着物風に華やぐ

日曜大工の鋸の音わが痛むこの骨すつぱり切り放したし

博多人形の小坊主の頭丸々とやはやはてらひ
春陽に坐る

金柑は鈴なりにしてそれぞれの密語をかはす
わが寝てをれば

振切りて別れてゆけばいさかひと人見咎めむ
風立つ街に

蜥蜴のまばたき

夕光に拠りどなきごとたゆたひてやがてうすれし青き風船

病木に咲きたる花のいとほしさ花芯の奥の奥覗きみる

黄の色のカーテン翳るみなみ風濁りをたもつ
刻の危ふく

風鈴のひそやかに鳴る夜の更は誰にも云へぬ
傷をいたはる

黒ばらの色昏れてゆく風のなか茫たるこころ
を空に流せり

束の間を孤島の砂に濡れ光る八重干潮《やえびし》貝のと
ほき語らひ

背信の想ひのなかに荒れし肌朝に逢はんひと
をおそるる

石鹼のほのかに匂ふ湯上りの掌に摘みたむる
おしろいの花

受話器とるわがときめきの聞えてか人形の眼が微笑みかくる

幻の園に咲きたる海芋の花崩るるわれをしばしささへよ

嗚咽して目覚めし朝の庭隅に塵と焼かれて爆ぜるものあり

遠山の翳りのなかより杳き日の夕映いろの痛
み帰り来

羞《やさ》しさを秘めて伸びたるばらの芽の刺やはら
かし夕映のなか

おちゆかん眠りのなかの平穏に白く群れ咲く
木苺の花

沈黙の人うつむきてサボテンのこまかな刺に
揺らぐ残照

五月雨の暗く降りつぐブロンズの女形は涸渇
の息吐くごとく

幾いろの紙風船を夕映えの空にむかひて子ら
投げ遊ぶ

蚊取草の袋のなかに陥ちし夜か無限にとほき
声がひびき来

わが前に立ちふさがりて奇怪なる黒き顔なす
向日葵の花

夕空に破鏡のおもひ散らすごと樹々の梢を風
ゆすりゆく

老の愚痴素直にききてをりし窓雲とき色に焼けて夕づく

エノコロ草を赤く薙ぎゆく風のなか黄蝶二つ巧みに寄り合ふ

アリアムの坊主の花が仄揺れて電話の声のこごまでとほる

稲妻にひらめき浮きし紫陽花の雨に濡れゐる
花の妖しさ

手折りたる梔子の蕾とぢしまま寡黙のわれに
降り続く雨

蚕豆を剝きつつやさし手ざはりの莢の柔毛を
われと見立てて

朱き実を硝子器にもるあくがれをひめておか
なむ北窓の部屋

幾日をみすごしてゐし石塊にふとわがこころ
騒がれて佇つ

絮を飛ばせしタンポポの茎数条の光となりつ
つ夕風わたる

緑陰に風塵となり飛翔するあまたの生命われは浴びゐる

花柘榴嵐のなかに揉まれゐて友の急死のかなしさかへる

おほどかに明けし杉菜の生ふ中に蜥蜴小さきまばたきをなす

醸されてゆく

二人だけの海を照せる月明に潔き一束の髪綯
ひてをり

さんさんと散らふ花影わが顔をかくして人を
待ちてゐたりき

杜なかの細きながれの落水のきれぎれにして
われは淋しき

魚の目が乾きてゆきし空のなか死後のことな
どわれはおもへり

濃霧のなか梢は濡れてだかれつつついと軟らか
き白猫となる

風鈴の余韻のなかに忘れゐしひとつの想ひきらめきて出づ

パンタロンの裾ゆらゆらと歩み来て青き実つけし倒木にあふ

目の底に消えざるいろを沁みつけてむらさきほそき稲妻はしる

ときめきて花の咲きたる木のあれば炎暑の街
にひと振り仰ぐ

日没のいまだ明るさ保つ墓手向けし百合の花
粉こぼるる

泰山木のいまは花なき空遙かたまゆら爆ぜて
花火のあがる

充足の無きたましひを泳がさん潮にむかひて
夜鶏が鳴けり

蟻穴に醸化されゆく時あらむ担はれてゐるわ
が指の爪

咲きいでし毬そのままに素枯れゆく花あぢさ
ゐのいろは恋しも

街中にとりのこされし刈田一枚ひそめる息の
冬陽は白し

静寂に密柑いくつの光りゐて物書く音のわが
耳につく

こがらしの吹きて荒れたる夜の部屋に花虻一
ついのちををはる

おとろへしカニサボテンが俄にもちからみなぎる花芽おこしつ

池の面に逆さにおとす黒き影木群かすかに時雨に揺るる

霧深くイチヰの枝がふるへゐるかたへの径に別れ来にけり

涙ひかるそのときの頬みしゆゑに今までの悔はかりがたきか

汚れたるいろそのままの鬼アザミ土にこもりてひびく街騒

隣家より庭の落葉を焚くけむり畳のうへの影にうごけり

切株に耳のかたちの茸生えて夕凪のなかなに
聞きすます

蒼茫と昏れ残りゐる空の抱く大樹おほかた赤
くもみづる

みじかかりし夏のをはりの天気草花少くては
や種子こぼす

キリン草いまださかりて立つ径をいく日か過ぐガンセンターへ

寝衣替ふる胸乳はいつか盗まれて真夜なる画布に描かれてゐむ

ひつそりと草叢のなか肉厚き鶏冠《とさか》は揺れてたれもゐぬ昼

手袋のうた

ひたすらに人待ちてゐるわが視野に近づく鋭き手袋の指

水銀灯の光さしゐて手袋は夜の花粉に触れてゐにけり

温もりを残してゆきし手袋の大き掌型はわれを縛れり

とぢこめし合唱の声きくごとし手袋のなかわれはのぞきて

息づきてゐるがに脱がれし手袋の指がさしゐる闇をおそるる

忘れられ夜に吊るされし手袋は星を指しつつ語りつづくる

檜葉垣にかけられしまま手袋の幼き掌型未だ拾はれぬ

踏まれつつ路にひらびし手袋の人差し指は風を指しゐる

自らの汚辱に折らん画けざる絵筆双手に持ちてゐたりき

窒息のわが胸に降るマリンスノーおびただしさに口さへ閉す

雪原のめまふ弱さにつぶりたるその瞼に火の赤く燃ゆ

栗の花にほひゐる朝羞《やさ》しみて父となりしと云ふ声のする

ひとりなる亡母《はは》が歩みてゆくらしき櫟林が逆光に顕つ

対き合ひて言葉少き畳の上割れし柘榴が転がりてをり

水かきを持たざる鳥は脚赤く腹にたたみて湖
を越えゆく

おもおもと幾層たたむ山脈をわがかなしみの
層とし仰ぐ

病みてゐるわがてのひらの薄ければ梔子の花
載せてもしなふ

掌に焦げてきみの体臭のこる夜は窓より出して雨に打たする

無為の日のわれの腋下くすぐるは熟れて垂れゐる葡萄の房よ

踊場の下なる闇は底なしの穴のやうなりこの夜更くれば

くらやみに疼く歯髄を堪へてをり河口の汽笛
細く鳴る夜に

かしましく鶏を鳴かして木群より照れたる顔
に猫の出でくる

ブーメランめぐりてわれにかへり来よ山のみ
づうみ青き影もつ

旨しとて喰べしは海胆の卵巣ときさしゆふべ
のわが胸つまる

水鳥が今宵も群れて鳴きわたるわれの湛ふる
胸のみづうみ

底深く透明の魚棲むといひわれの身ぬちは折
にさざめく

われひとり沈みよこたふ湖に波を揺らして舟
の発ちゆく

剝製の雉子の尾ながし垂れさがり曲れる先を
われ支へやる

線描の画布にとつぷり陽が暮れてくちなは色
の森が浮き出づ

鈴のごとく

いづくよりか散りくる黄葉光りつつ音無き朝の土に吸はるる

プリズムに透きとほるわれの泪なり珊瑚樹に今日の陽は落ちてゆく

蟻の列榕をのぼりどこまでものびてゆくなり
しぼむをしらず

貝割菜間引く手許にひびかひて春雷ひとつ小
さく鳴りつ

酬いなき反省ひとつ加へつつむくげの花の白
さが冴ゆる

クレーン車がひつかきゆきし夕映えの空は一
途にいま燃えてゐつ

白昼夢なほ見切れざるほほゑみを刻める頬に
縁の陽は照る

とむらひの読経の庭に幼子と毬つきをらむ死
者のみ魂は

葬儀車の走り去りつつ冬ざれの虚空に笑まふ
死者が振向く

大理石のロビーの床の化石群アンモナイトを
人は踏みゆく

ブーゲンビリヤの花が優しく揺れてをり花屋
の日除に春雷ひびく

カーテンを越してこの朝陽に透ける小鳥の影
がたたみに落ちつ

幼子は妊りし犬にすりよりて「卵が割れる音
がするよ」と云ひぬ

あの世なる母祖母出でてある夜半にわれの歌
集はひそかに読まむ

天のうつは

口あかき月の輪熊のふりあふぐ鉄柵の檻花あかりする

風のごと土鈴のひびき沈みゆき壁より生るる闇の音に似る

飾らるる硝子の舟はきらひつつ雨の降る日は
漕ぎ出でむとす

手仕事を忘れし爪のやはらかし歪みやすきを
磨きつつをり

湖に沈めし祭祀の鈴のおと人を恋ふ身のわれ
にはきこゆ

聖泉は限りもあらず湧きつげり濡らされてゆくわが髪撓ふ

朱の箸をそへてひとしほ優しきか燻製の鮭しみじみ赤し

夜の潮に届けられ来る風入れてひそかにわれの愛も育たむ

打ちてくる樹霊のこゑの間遠さよ温められて
われにとどける

やさしかる灯にほだされて乱れたる帯のうし
ろは見せじとおもふ

わが過去の灼けたる色に水注して蘇芳の花が
雨に濡れゐる

はかなかるわれの一生をかぎらむと太きおよびの何を指さむか

飼はれゐる雉子が鳴きをりわが裡の昏きなかよりこゑを絞りて

きみの血がわが血のなかに流れ込む銀河にも増す青さたたへて

残像がわれに向きつつしばらくは固定されゐる厚き夜の闇

天のうつは少し傾ぎてこの村のさざめくほどは雪を降らせり

苔の花青く踏みゆくこのしばしわれに女の性をとどめよ

まなじりのうすらに湿る朝明けを一本の葱わ
れは剝きつつ

何んとして雨に出で来しあえかにも下駄の鼻
緒の足袋に滲むを

白壁の冷ゆる奥よりおこりたるこの嬌声をわ
れは覚えぬ

身籠りし鳥はやさしく樹の洞にみづからの羽
根しきてねむらむ

星一つしまらく従きてくる車窓茫々くらしわ
れの行手は

掌に熱さのこして訣れたる人とひとしく樹下
のにほへり

無垢となることの叶はぬわが視野に白樺の実
は雨に揺れゐる

からからと夢なる祖母が炒りあげし銀杏《ぎんなん》より
もあをき暁《あけ》なる

水かきを持たざる鳥の脚赤くせはしく見えて
河が匂へり

遙かなる風

山茱萸の花に触れゐて匂ひなし何ともうすき
われの影なる

行き交す人等魚族のごとかりき何事もなき眼
向けつつ

死角より飛来して来し黒鳥の二声三声の距離
にて消えぬ

膝の上の仔犬にじつと見上げられその眼もわ
れのさぶしさ宿す

花活けの花さかしまに落ちてゐつ気になるほ
どは永く病みつつ

はだら雪細りゐる野に夕陽沁むこの日峠に君
なほ病めり

風の夜も月の無き夜も蓑虫は待つをたのみて
揺れつつねむる

熱高き君は恋はむか幻の水に乗りたるこゑを
洩らせり

山の霧おもおもはがれゆく朝に熱に苦るしむ
君は眠れり

病む君のうすくなりたる血漿の流るると云ふ
夜の河さがす

逆光にポプラ一樹の立ちてをり風のなかなる
記憶に揺るる

あとがき

もう二カ月位になりましょうかしら、主人が街の中で雀の落子を拾って参りました。育つかしらと心配でしたが、牛乳で浸したビスケットを嘴にさしてやり、漸く育って呉れました。今では殆ど放し飼いにして私と一緒に過しておりますが、私が物を書いていると、早速やって来て鉛筆の先をかじったり、寝転んでいると、頭の上を歩き廻り、眼や唇などを突ついたりして大変ないたずら者でございます。でもそうして屈託なく遊んでいる時でも、軒先に雀の仲間の声が聞えてきたりすると、一しんに窓辺に翔んでゆき、とても懐しそうに声を張って鳴き交すのでございます。

時に掌に雀をのせて「いい子いい子」と頭を撫ぜてやるのでござ

いますが、雀の眼って本当に素直な眼をしているものでございます。

じっとそんな眼をみつめていると何か杳い原初の海にでも引き戻されてゆくような優しい気持にさせられます。

生物体と幻想と奇妙な対照ではございますが、一時私は自分の裡なるものをみつづけて仕舞うのでございます。

そんなとき、まさしく私は、私の中に吹きめぐっている風の音を追いつめているのでございます。

誰しも、その背に負わされた荷は重いと思われるのでございましょうが、時に私は本当に重い辛いと思ったことでございました。

幼少時には母との離別、そして喪わなければならなかった青春、結婚後間もなく主人の発病、私の病床生活と本当に暗い長い隧道でした。でも毎日がそのまま生命への対決であった日々の後に摑み得たもの、それが短歌でございました。その短歌によって私の心にも何かが開花していったのでございましょう。

短歌は女学生の頃から少しずつはじめておりましたが、戦後わずかの間地方誌に所属したのみでございました。

どなたかがおっしゃっていましたが、短歌は自らの鎮魂歌とか、それをどう定義づけるかはいずれにしましても、私もそんな感覚の歌を多分に作って来たように思います。

はるけかりし寓話の中の道標光なきわが玻璃窓にたてむ

どんなに呼んでも叫んでも、もう引き戻すことの出来ない日々、そして見すごして仕舞ったもう一つの道は、遠く遠く離れていって仕舞ったのでございます。

小さい時から諦めや耐えることにならされた私は、

づんづんとひびくシンバル叩きつつ茫々とせる空に向きゆく

こうして何時もシンバルの音を胸に打ち込み乍ら、ただ一生懸命に茫々とした道を歩みつづけて来たのでございます。

でも再び短歌にめぐり逢い覇王樹社と云う素晴らしい地を得させて頂きました。これからは、その中に自らを吐き出し、希い、一つの灯りをともし、生きつづけてゆけるのでございます。

歌集は墓誌と云った人がございます。でも私は墓誌とこれを改めたいと存じます。

過ぎ去ったものへの憧憬、そしてさまざまのかなしみも皆、したわしいものとしてまた生きかえるのでございます。

習作時代を出ない私が、おこがましくも歌集を上梓するということはまことに僭越でございます。でもこの一首一首がもう生涯産むことはないと決まってしまったいまの私には、子供のように大切なのでございます。

今の私は本当に倖せでございます。生きていてよかったと、ただそう思うばかりでございます。

主宰の松井如流先生には、公私共にご多忙のなかをこのささやかな歌集のために序文並に題簽を賜わり、無上のものとして飾っていただけたことまことに光栄に存じます。

また小林周義先生には、昨春あたりよりご健康が勝れぬとお伺いしておりましたのに、上梓のためのすべてをお引き受け下さいまして、書名も「風のなかの記憶」と命名下さいました。

末松てる先生には入社この方ご指導を賜わり、現在のこの私を見守りつづけて下さったご親切なご指導に心から御礼申し上げます。また、上梓に当って側面より何かとお力添えを頂いた東京の田中理康様、群馬の丸橋隆太郎様、ほか多くの歌友の皆様、本当にありがとうございました。

金子とし先生はじめ「きさらぎ会」の皆様にも何時も温かく庇護して頂き、特に田島公弘様には病中で、歌会にも出席できず、顔も存じ上げませんままの私に、ご懇切なご指導を頂きました。昭和四十八年春、夜桜の歌会が八瀬川のほとりでありましたが、その折はじめてお逢いしたのでございますが、あの夜の街のネオンや車のライトの光が私には竜宮城の七彩の輝きに見えました。なにしろ私は十余年振りにこの世で見た夜景でございました。

ここに掲げられなかった諸先輩の皆々様にも厚く御礼申し上げます。かくて南から北のご声援を賜わり、ここに私の半生の足跡としての本集を世に送り出すことが出来ました。

いま、稲妻が天と地を結ぶかのように西空に閃きました。紫の視野の中に恐れのようなものと、安堵感のようなものとを抱きながら私はいま佇んでおります。一層のご指導を賜わりますよう心からお願い申し上げます。

森下　香恵子

昭和五十二年七月

新装版あとがき

此の度突然に、文芸社より、私の第一歌集『風のなかの記憶』の新装版を出版したいという御連絡をいただきました。本当にびっくり致して仕舞いました。何しろ四半世紀も前に出版した歌集ですので、すでに過去に埋没して仕舞ったと思っておりましたのに。こんな不思議はないと云った気持でした。然し当時としては、全人生をかけた覚悟の出版でした。

かつて、亡くなられた覇王樹社の小林周義先生が、この歌集はいつか世に出るよとおっしゃって下さいました。そのお言葉が、今再びお声となって甦りました。図らずも文芸社のお目にとまり認めて頂き、深く深く感謝申し上げます。御意向に添えますよう頑張りたいと存じます。

何卒皆様の御支援をお願い申し上げます。

平成十五年一月

森下　香恵子

著者プロフィール

森下　香恵子（もりした かえこ）

霸王樹社運営委員
霸王樹社群馬支部会長
群馬県歌人クラブ委員
日本歌人クラブ会員
短歌文学社所属
昭和52年度霸王樹賞受賞
歌集　『風のなかの記憶』（昭和53年）
　　　『風の流域』（昭和61年）
本名　森下 千枝子

〔住所〕
〒373-0852
群馬県太田市新井町330-1-21
電話 0276-45-7668

風のなかの記憶

2003年2月15日　初版第1刷発行

著　者　森下 香恵子
発行者　瓜谷 綱延
発行所　株式会社文芸社
〒160-0022 東京都新宿区新宿1－10－1
電話 03-5369-3060（編集）
03-5369-2299（販売）
振替 00190-8-728265

印刷所　図書印刷株式会社

ISBN4-8355-5091-9 C0092